En lo más alto de las más altas montañas
del mundo se extiende el reino de Mergich,
un lugar sagrado lleno de magia y misterio
donde moran unos seres puros y poderosos,
los mérgicos. Son espíritus guardianes que
cuidan de sus rebaños de ovejas y cabras
montesas y de su sagrada tierra. Solo se puede
entrar en el reino de Mergich con su permiso.
A veces toman la forma de un animal.
Ésta es la historia de una mérgica.

Ojos de Nieve

Jackie Morris

En el principio de los tiempos, entre el silencio, el canto de Ojos de Nieve daba vida a las estrellas, hacía amanecer el sol y hacía crecer y menguar la luna. En lo alto del valle escondido, su canción cubría aquel mundo blanco y construía una crujiente fortaleza de nieve, reforzada con hielo, para mantener todas las cosas a salvo y en secreto.

En lo alto de las montañas, la felina sagrada caminaba sola, abrigada por su pelaje veteado de sombras. La fresca nieve centelleaba como estrellas glaciales bajo sus grandes zarpas. Nunca dejaba de cantar.

Abajo en el valle, dormía la Niña, y en sus sueños escuchaba la música secreta de la fantasmal felina y veía la sombra de su veteada piel.

Ojos de Nieve entretejía palabras de protección, canciones de camuflaje, un hechizo que mantenía el valle escondido a salvo del mundo.

Pero el tiempo pasaba, estación tras estación y el tiempo cala en todas las cosas. Así, Ojos de Nieve cambió su canción por un hechizo de descubrimiento. Buscó en su corazón y llamó para descubrir a la próxima cantante, aquella que debía sucederla.

Pero mientras buscaba, el mundo entró sigilosamente en el valle escondido.

Y abajo en el valle, la Niña durmiente sintió el cambio en la canción de Ojos de Nieve.

Abajo en el valle llegaron soldados en busca de oro y esclavos. Sembraron fuego y miedo y los aldeanos huyeron.

En medio del caos, la Niña durmiente quedó olvidada. Y siguió durmiendo, hechizada, escuchando únicamente la canción de la gran felina fantasmal.

Ojos de Nieve merodeaba por la aldea, oculta por el sortilegio de su canción. Cuando encontró a la Niña durmiente, la arropó cariñosamente con su grueso pelaje veteado.

Ovillada alrededor de la Niña, Ojos de Nieve recordó, siglos atrás, haber sido humana.

La Niña durmiente se despertó sintiendo el cálido aliento
del espíritu felino en su piel, envuelta en el pelaje de Ojos
de Nieve, la felina cantante de sus sueños.

Hundió los dedos en la gruesa piel y la felina se rebulló,
se alzó y saltó hacia las altas y agrestes montañas, con la Niña
bien aferrada a su lomo.

Juntas vagaron por las cumbres de las montañas y juntas atravesaron los bosques mientras Ojos de Nieve cantaba sus canciones de la tierra.

Enseñó a la Niña canciones del valle, de la alondra y el vencejo, del gorrión alpino y el colirrojo. Le enseñó los senderos del zorro de paso firme y el murmullo con el que la liebre se esconde sigilosamente en la nieve.

Cantó una canción para proteger el valle, para llamar a la nieve y el hielo y, al escucharla, la voz de la Niña se le unió armoniosamente. Rodearon el valle cantando juntas la canción.

En la madrugada, mientras los soldados dormían, la silenciosa felina entró en la aldea y en sus sueños. Ojos de Nieve rugió, no como un felino, sino como muchos, como una tormenta de nieve de leopardos. Los sueños se convirtieron en pesadillas y los soldados despertaron y huyeron de la aldea creyendo que les perseguían los demonios.

Al escuchar la noticia de que los soldados se habían marchado, los aldeanos volvieron lanzando al viento sus banderas de plegarias y sus cánticos para traer la paz al valle.

Y, rodeando el valle, la Niña y la Leoparda llamaron a la nieve, y una ventisca de blancura formó los nuevos muros de la fortaleza, ocultando aquel mundo en la bruma y el recuerdo.

Pasó el tiempo y la Niña conoció la peculiaridad
del valle y cómo acallar la mente y fundirse
con el lugar, cómo cabalgar las corrientes
térmicas con el águila y el halcón para
observar al oso negro, al bharal y al lobo.

Ojos de Nieve ronroneaba gustosamente
con estos cambios. Su enseñanza había acabado,
su tiempo había cambiado también.

Una noche avanzada, en una madriguera de musgo suave, en lo alto de las montañas, donde el aire era fino y las estrellas centelleaban en el cielo y sobre la nieve, la Niña tomó la gran cabeza de la leoparda en sus manos.

Ojos de Nieve lamió el frío rostro de la niña, áspera lengua de felino contra piel suave, ronroneando el final de su canción espiritual. Mientras la lamía, la Niña se convirtió en Leoparda: grueso pelaje y salvajes ojos, veteada como las sombras, espíritu felino.

Cuando la vieja Leoparda terminó su canción, saltó desde la montaña hasta el cielo constelado, su pelaje se mezcló con las estrellas de la Vía Láctea y su canción se convirtió en un susurro de luz estelar.

Y de vuelta a las montañas, la joven leoparda
de las nieves miró hacia lo alto, a las estrellas
que se reflejaban en sus felinos ojos azules,
escuchó el susurro y comenzó su nueva canción.

Para Vivian French, por su ánimo y amistad, para las leopardas
de las nieves en las altas y agrestes montañas del mundo,
y para mis hijas, con la esperanza de que cuando sean leopardas
de las nieves sigan merodeando por los reinos de Merghic.

Ojos de nieve

Título original: *The Snow Leopard*
© 2007 Frances Lincoln Limited
© 2007 Jackie Morris (texto e ilustraciones)
© 2009 Thule Ediciones SL
    C/ Alcalá de Guadaíra 26, bajos
    08020 Barcelona

Traducción: Alvar Zaid
Maquetación: Jennifer Carná

ISBN: 978-84-92595-25-9
Impreso en China

www.thuleediciones.com